毛澤東詩詞六十七首

泥活字印本

江蘇古籍出版社 出版

揚州廣陵書社 印行

庚辰秋日揚州廣陵書社以泥活字版刊行

出版說明

毛澤東主席是新中國的締造者也是一位偉大的詩人中央文獻研究室於一九九六年編輯整理的毛澤東詩詞集是傳世的毛澤東詩詞的最完善的本子

廣陵書社向以致力傳統印刷工藝爲己任當此新千年來臨之際緬懷毛主席特遴良工精製泥活字排印毛澤東詩詞六十七首以傳統工藝印製裝幀古樸典雅爲研讀鑒藏界增添一項新的內容

泥活字印刷術失傳已久本社此舉亦是初試多有不足望專家學者不吝教正

庚辰年秋日廣陵書社

毛澤東詩詞六十七首目錄

副編

七律

毛澤東詩詞六十七首目錄終

毛澤東詩詞六十七首

賀新郎

别友 一九二三年

揮手從茲去更那堪凄然相向苦情重訴眼角眉梢都似恨熱淚欲零還住知誤會前番書語過眼滔滔雲共霧算人間知己吾和汝人有病天知否今朝霜重東門路照横塘半天殘月凄清如許汽笛一聲腸已斷從此天涯孤旅憑割斷愁絲恨縷要似崑崙崩絶壁又恰像颱風掃寰宇重比翼和雲翥

沁園春

長沙 一九二五年

獨立寒秋湘江北去橘子洲頭看萬山紅遍層林盡染漫江碧透百舸争流鷹擊長空魚翔淺底萬類霜天競自由悵

寥廓問蒼茫大地誰主沉浮 攜來百侶曾遊憶往昔崢嶸歲月稠恰同學少年風華正茂書生意氣揮斥方遒指點江山激揚文字糞土當年萬户侯曾記否到中流擊水浪遏飛舟

菩薩蠻

黃鶴樓 一九二七年春

茫茫九派流中國沉沉一綫穿南北煙雨莽蒼蒼龜蛇鎖大江 黃鶴知何去剩有遊人處把酒酹滔滔心潮逐浪高

西江月

井岡山 一九二八年秋

山下旌旗在望山頭鼓角相聞敵軍圍困萬千重我自巋然不動 早已森嚴壁壘更加衆志成城黃洋界上砲聲隆報道敵軍宵遁

清平樂

蔣桂戰爭 一九二九年秋

風雲突變軍閥重開戰灑向人間都是怨一枕黃粱再現 紅旗躍過汀江直下龍巖上杭收拾金甌一片分田分地真忙

采桑子

重陽 一九二九年十月

人生易老天難老歲歲重陽今又重陽戰地黃花分外香 一年一度秋風勁不似春光勝似春光寥廓江天萬里霜

如夢令

元旦 一九三零年一月

寧化清流歸化路隘林深苔滑今日向何方直指武夷山下山下山下風展紅旗如畫

減字木蘭花

廣昌路上 一九三零年二月

漫天皆白雪裏行軍情更迫頭上高山風捲紅旗過大關 此行何去贛江風雪迷漫處命令昨頒十萬工農下吉安

蝶戀花

從汀州向長沙 一九三零年七月

六月天兵征腐惡萬丈長纓要把鯤鵬縛贛水那邊紅一角偏師借重黃公略 百萬工農齊踴躍席捲江西直搗湘和鄂國際悲歌歌一曲狂飆爲我從天落

漁家傲

反第一次大圍剿 一九三一年春

萬木霜天紅爛漫天兵怒氣衝霄漢霧滿龍岡千嶂暗齊聲喚前頭捉了張輝

瓚 二十萬軍重入贛風烟滾滾來天半喚起工農千百萬同心幹不周山下紅旗亂

漁家傲

反第二次大圍剿 一九三一年夏

白雲山頭雲欲立白雲山下呼聲急枯木朽株齊努力槍林逼飛將軍自重霄入 七百里驅十五日贛水蒼茫閩山碧橫掃千軍如捲席有人泣爲營步步嗟何及

菩薩蠻

大柏地 一九三三年夏

赤橙黃綠青藍紫誰持彩練當空舞雨後復斜陽關山陣陣蒼 當年鏖戰急彈洞前村壁裝點此關山今朝更好看

清平樂

會昌 一九三四年夏

東方欲曉莫道君行早踏遍青山人未老風景這邊獨好　會昌城外高峰顛連直接東溟戰士指看南粵更加鬱鬱葱葱

十六字令三首 一九三四年到一九三五年

山快馬加鞭未下鞍驚回首離天三尺三

其二

山倒海翻江捲巨瀾奔騰急萬馬戰猶酣

其三

山刺破青天鍔未殘天欲墮賴以拄其間

憶秦娥

婁山關 一九三五年二月

西風烈長空雁叫霜晨月霜晨月馬蹄聲碎喇叭聲咽 雄關漫道真如鐵而今邁步從頭越從頭越蒼山如海殘陽如血

七律

長征 一九三五年十月

紅軍不怕遠征難萬水千山只等閑五嶺逶迤騰細浪烏蒙磅礴走泥丸金沙水拍雲崖暖大渡橋橫鐵索寒更喜岷山千里雪三軍過後盡開顏

念奴嬌

崑崙 一九三五年十月

橫空出世莽崑崙閱盡人間春色飛起玉龍三百萬攪得周天寒徹夏日消溶江河橫溢人或爲魚鼈千秋功罪誰人曾與評說 而今我謂崑崙不要這高

不要這多雪安得倚天抽寶劍把汝裁
爲三截一截遺歐一截贈美一截還東
國太平世界環球同此涼熱

清平樂

六盤山 一九三五年十月

天高雲淡望斷南飛鴈不到長城非好
漢屈指行程二萬 六盤山上高峰紅
旗漫捲西風今日長纓在手何時縛住

蒼龍

沁園春

雪 一九三六年二月

北國風光千里冰封萬里雪飄望長城
内外惟餘莽莽大河上下頓失滔滔山
舞銀蛇原馳蠟象欲與天公試比高須
晴日看紅裝素裹分外妖嬈 江山如
此多嬌引無數英雄競折腰惜秦皇漢

武略輸文采唐宗宋祖稍遜風騷一代
天驕成吉思汗只識彎弓射大雕俱往
矣數風流人物還看今朝

七律

人民解放軍占領南京 一九四九年四月

鍾山風雨起蒼黃百萬雄師過大江虎
踞龍盤今勝昔天翻地覆慨而慷宜將
剩勇追窮寇不可沽名學霸王天若有

情天亦老人間正道是滄桑

七律

和柳亞子先生 一九四九年四月二十九日

飲茶粵海未能忘索句渝州葉正黃三
十一年還舊國落花時節讀華章牢騷
太盛防腸斷風物長宜放眼量莫道昆
明池水淺觀魚勝過富春江

浣溪沙

和柳亞子先生 一九五零年十月

一九五零年國慶觀劇柳亞子先生即席賦浣溪沙因步其韵奉和

長夜難明赤縣天百年魔怪舞翩躚人民五億不團圓 一唱雄鷄天下白萬方樂奏有于闐詩人興會更無前

浪淘沙

北戴河 一九五四年夏

大雨落幽燕白浪滔天秦皇島外打魚船一片汪洋都不見知向誰邊 往事越千年魏武揮鞭東臨碣石有遺篇蕭瑟秋風今又是換了人間

水調歌頭

游泳 一九五六年六月

才飲長沙水又食武昌魚萬里長江橫

渡極目楚天舒不管風吹浪打勝似閑庭信步今日得寬餘子在川上曰逝者如斯夫 風檣動龜蛇靜起宏圖一橋飛架南北天塹變通途更立西江石壁截斷巫山雲雨高峽出平湖神女應無恙當驚世界殊

蝶戀花

答李淑一 一九五七年五月十一日

我失驕楊君失柳楊柳輕颺直上重霄九問訊吳剛何所有吳剛捧出桂花酒寂寞嫦娥舒廣袖萬里長空且爲忠魂舞忽報人間曾伏虎泪飛頓作傾盆雨

七律二首

送瘟神 一九五八年七月一日

讀六月三十日人民日報餘江

縣消滅了吸血蟲浮想聯翩夜不能寐微風拂煦旭日臨窗遙望南天欣然命筆

綠水青山枉自多華佗無奈小蟲何千村薜荔人遺矢萬户蕭疏鬼唱歌坐地日行八萬里巡天遙看一千河牛郎欲問瘟神事一樣悲歡逐逝波

其二

春風楊柳萬千條六億神州盡舜堯紅雨隨心翻作浪青山着意化爲橋天連五嶺銀鋤落地動三河鐵臂搖借問瘟君欲何往紙船明燭照天燒

七律

到韶山 一九五九年六月

一九五九年六月二十五日到韶山離別這個地方已有三十

二周年了

別夢依稀咒逝川，故園三十二年前。紅旗捲起農奴戟，黑手高懸霸主鞭。爲有犧牲多壯志，敢教日月換新天。喜看稻菽千重浪，遍地英雄下夕烟。

七律

登廬山 一九五九年七月一日

一山飛峙大江邊，躍上葱蘢四百旋。冷眼向洋看世界，熱風吹雨灑江天。雲橫九派浮黃鶴，浪下三吳起白烟。陶令不知何處去，桃花源裏可耕田。

七絶

爲女民兵題照 一九六一年二月

颯爽英姿五尺槍，曙光初照演兵場。中華兒女多奇志，不愛紅裝愛武裝。

七律

答友人 一九六一年

九嶷山上白雲飛帝子乘風下翠微斑竹一枝千滴泪紅霞萬朵百重衣洞庭波涌連天雪長島人歌動地詩我欲因之夢寥廓芙蓉國裏盡朝暉

七絕

爲李進同志題所攝廬山仙人洞照 一九六一年九月九日

暮色蒼茫看勁松亂雲飛渡仍從容天生一個仙人洞無限風光在險峰

七律

和郭沫若同志 一九六一年十一月十七日

一從大地起風雷便有精生白骨堆僧是愚氓猶可訓妖爲鬼蜮必成災金猴奮起千鈞棒玉宇澄清萬里埃今日歡呼孫大聖只緣妖霧又重來

卜算子

詠梅 一九六一年十二月

讀陸游詠梅詞反其意而用之

風雨送春歸飛雪迎春到已是懸崖百丈冰猶有花枝俏 俏也不爭春只把春來報待到山花爛漫時她在叢中笑

七律

冬雲 一九六二年十二月二十六日

雪壓冬雲白絮飛萬花紛謝一時稀高天滾滾寒流急大地微微暖氣吹獨有英雄驅虎豹更無豪杰怕熊羆梅花歡喜漫天雪凍死蒼蠅未足奇

滿江紅

和郭沫若同志 一九六三年一月九日

小小寰球有幾個蒼蠅碰壁嗡嗡叫幾聲凄厲幾聲抽泣螞蟻緣槐誇大國蚍

蜉撼樹談何易正西風落葉下長安飛鳴鏑　多少事從來急天地轉光陰迫一萬年太久只爭朝夕四海翻騰雲水怒五洲震蕩風雷激要掃除一切害人蟲全無敵

七律

弔羅榮桓同志

一九六三年十二月

記得當年草上飛紅軍隊裏每相違長征不是難堪日戰錦方爲大問題斥鷃每聞欺大鳥昆鷄長笑老鷹非君今不幸離人世國有疑難可問誰

賀新郎

讀史

一九六四年春

人猿相揖別只幾個石頭磨過小兒時節銅鐵爐中翻火焰爲問何時猜得不過幾千寒熱人世難逢開口笑上疆場

彼此彎弓月流遍了郊原血　一篇讀罷頭飛雪但記得斑斑點點幾行陳迹五帝三皇神聖事騙了無涯過客有多少風流人物盜跖莊蹻流譽後更陳王奮起揮黃鉞歌未竟東方白

水調歌頭

重上井岡山 一九六五年五月

久有凌雲志重上井岡山千里來尋故地舊貌變新顏到處鶯歌燕舞更有潺潺流水高路入雲端過了黃洋界險處不須看　風雷動旌旗奮是人寰三十八年過去彈指一揮間可上九天攬月可下五洋捉鼈談笑凱歌還世上無難事只要肯登攀

念奴嬌

鳥兒問答 一九六五年秋

鯤鵬展翅九萬里翻動扶搖羊角背負青天朝下看都是人間城郭砲火連天彈痕遍地嚇倒蓬間雀怎麼得了哎呀我要飛躍　借問君去何方雀兒答道有仙山瓊閣不見前年秋月朗訂了三家條約還有吃的土豆燒熟了再加牛肉不須放屁試看天地翻覆

副編

五古

輓易昌陶

一九一五年五月

去去思君深思君君不來愁殺芳年友
悲嘆有餘哀衡陽雁聲徹湘濱春溜回
感物念所歡躑躅南城隈城隈草萋萋
涔淚侵雙題采采餘孤景日落衡雲西
方期沆瀣游零落匪所思永訣從今始
午夜驚鳴鷄鳴鷄一聲唱汗漫東臯上
冉冉望君來握手珠眶漲關山蹇驥足
飛飈拂靈帳我懷鬱如焚放歌倚列嶂
列嶂青且茜願言試長劍東海有島夷
北山盡仇怨蕩滌誰氏子安得辭浮賤
子期竟早亡牙琴從此絶琴絶最傷情
朱華春不榮後來有千日誰與共平生
望靈薦杯酒慘淡看銘旌惆悵中何寄

江天水一泓

七古

送縱宇一郎東行 一九一八年四月

雲開衡嶽積陰止天馬鳳凰春樹裏年少崢嶸屈賈才山川奇氣曾鍾此君行吾為發浩歌鯤鵬擊浪從茲始洞庭湘水漲連天艨艟巨艦直東指無端散出一天愁幸被東風吹萬里丈夫何事足縈懷要將宇宙看稊米滄海橫流安足慮世事紛紜從君理管却自家身與心胸中日月常新美名世於今五百年諸公碌碌皆餘子平浪宮前友誼多崇明對馬衣帶水東瀛濯劍有書還我返自崖君去矣

虞美人

枕上 一九二一年

堆來枕上愁何狀江海翻波浪夜長天色總難明寂寞披衣起坐數寒星曉來百念都灰盡剩有離人影一鈎殘月向西流對此不拋眼淚也無由

西江月

秋收起義 一九二七年

軍叫工農革命旗號鐮刀斧頭匡廬一帶不停留要向瀟湘直進 地主重重壓迫農民個個同仇秋收時節暮雲愁霹靂一聲暴動

六言詩

給彭德懷同志 一九三五年十月

山高路遠坑深大軍縱橫馳奔誰敢橫刀立馬唯我彭大將軍

臨江仙

給丁玲同志 一九三六年十二月

壁上紅旗飄落照西風漫捲孤城保安
人物一時新洞中開宴會招待出牢人
纖筆一枝誰與似三千毛瑟精兵陣
圖開向隴山東昨天文小姐今日武將
軍

五律

輓戴安瀾將軍 一九四三年三月

外侮需人禦將軍賦采薇師稱機械化
勇奪虎羆威浴血東瓜守驅倭棠吉歸

沙場竟殞命壯志也無違

五律

張冠道中 一九四七年

朝霧彌瓊宇征馬嘶北風露濕塵難染
霜籠鴉不驚戎衣猶鐵甲鬚眉等銀冰
踟躕張冠道恍若塞上行

五律

喜聞捷報 一九四七年

中秋步運河上聞西北野戰軍
收復蟠龍作

秋風度河上大野入蒼穹佳令隨人至
明月傍雲生故里鴻音絕妻兒信未通
滿宇頻翹望凱歌奏邊城

浣溪沙

和柳亞子先生 一九五零年十一月

顏斶齊王各命前多年矛盾廓無邊而
今一掃紀新元 最喜詩人高唱至正
和前綫捷音聯妙香山上戰旗妍

七律

和周世釗同志 一九五五年十月

春江浩蕩暫徘徊又踏層峰望眼開風
起綠洲吹浪去雨從青野上山來尊前
談笑人依舊域外鷄蟲事可哀莫嘆韶

華容易逝卅年仍到赫曦臺

五律

看山 一九五五年

三上北高峰杭州一望空飛鳳亭邊樹桃花嶺上風熱來尋扇子冷去對佳人一片飄颻下歡迎有晚鷹

七絕

莫干山 一九五五年

翻身復進七人房回首峰巒入莽蒼四十八盤才走過風馳又已到錢塘

七絕

五雲山 一九五五年

五雲山上五雲飛遠接群峰近拂堤若問杭州何處好此中聽得野鶯啼

七絕

觀潮 一九五七年九月

千里波濤滾滾來雪花飛向釣魚臺人山紛贊陣容闊鐵馬從容殺敵回

七絕

劉蕡 一九五八年

千載長天起大雲中唐俊偉有劉蕡孤鴻鎩羽悲鳴鏑萬馬齊喑叫一聲

七絕

屈原 一九六一年秋

屈子當年賦楚騷手中握有殺人刀艾蕭太盛椒蘭少一躍衝向萬里濤

七絕二首

紀念魯迅八十壽辰 一九六一年

博大膽識鐵石堅刀光劍影任翔旋龍華喋血不眠夜猶製小詩賦管弦

其二

鑒湖越臺名士鄉憂忡為國痛斷腸劍

南歌接秋風吟一例氤氳入詩囊

雜言詩

八連頌 一九六三年八月一日

好八連天下傳爲什麼意志堅爲人民
幾十年拒腐蝕永不沾因此叫好八連
解放軍要學習全軍民要自立不怕壓
不怕迫不怕刀不怕戟不怕鬼不怕魅
不怕帝不怕賊奇兒女如松柏上參天

傲霜雪紀律好如堅壁軍事好如霹靂
政治好稱第一思想好能分析分析好
大有益益在哪團結力軍民團結如一
人試看天下誰能敵

念奴嬌

井岡山 一九六五年五月

參天萬木千百里飛上南天奇嶽故地
重來何所見多了樓臺亭閣五井碑前

黃洋界上車子飛如躍江山如畫古代曾云海綠　彈指三十八年人間變了似天淵翻覆猶記當時烽火裏九死一生如昨獨有豪情天際懸明月風雷磅礴一聲雞唱萬怪烟消雲落

七　律

洪　都　一九六五年

到得洪都又一年祖生擊楫至今傳聞鷄久聽南天雨立馬曾揮北地鞭鬢雪飛來成廢料彩雲長在有新天年年後浪推前浪江草江花處處鮮

七　律

有所思　一九六六年六月

正是神都有事時又來南國踏芳枝青松怒向蒼天發敗葉紛隨碧水馳一陣風雷驚世界滿街紅綠走旌旗憑闌靜

聽瀟瀟雨故國人民有所思

七絶

賈誼

賈生才調世無倫哭泣情懷吊屈文梁王墮馬尋常事何用哀傷付一生

七律

詠賈誼

少年倜儻廊廟才壯志未酬事堪哀胸羅文章兵百萬膽照華國樹千臺雄英無計傾聖主高節終竟受疑猜千古同惜長沙傅空白汨羅步塵埃

毛澤東詩詞六十七首終

圖書在版編目(CIP)數據

毛澤東詩詞六十七首／毛澤東著.—南京：江蘇古籍出版社，2001.1

ISBN 7-80643-448-8

Ⅰ.毛… Ⅱ.毛… Ⅲ.毛主席詩詞 Ⅳ.A44

中國版本圖書館CIP數據核字（2011）第02297號

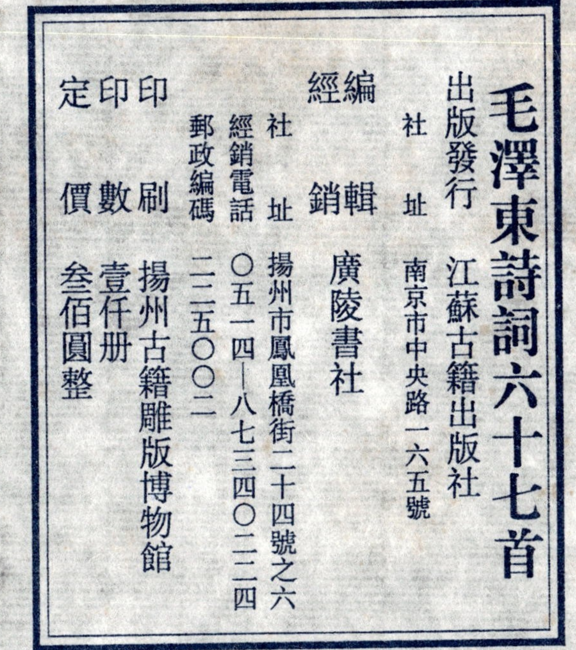

毛澤東詩詞六十七首

出版發行 江蘇古籍出版社

社　址 南京市中央路一六五號

編輯經銷 廣陵書社

社　址 揚州市鳳凰橋街二十四號之六

經銷電話 〇五一四—八七三四〇二二四

郵政編碼 二二五〇〇二

印　刷 揚州古籍雕版博物館

印　數 壹仟冊

定　價 叁佰圓整

2001年1月第1版第2次印刷

ISBN 7-80643-448-8/I·123